U0852148

《颐和路》朱昱帆作品

《雪人》朱昱帆作品

文路作品

文路作品

文路作品

文路作品

路痕

周兴青 著

若用一个字
道出世界的原初、生命的本质
这就是“爱”

黑龙江教育出版社

图书在版编目（CIP）数据

路痕 / 周兴青著 . -- 哈尔滨 : 黑龙江教育出版社，2020.6

ISBN 978-7-5709-1457-9

Ⅰ . ①路… Ⅱ . ①周… Ⅲ . ①诗集－中国－当代 Ⅳ . ① I227

中国版本图书馆 CIP 数据核字 (2020) 第 103666 号

路痕

LU HEN

周兴青　著

责任编辑　葛　然
封面设计　邢海燕
责任校对　陈文静
出版发行　黑龙江教育出版社
（哈尔滨市道里区群力第六大道1305号）
印　　刷　哈尔滨圣铂印刷有限公司
开　　本　880毫米 × 1230毫米　1/32
印　　张　5.75
字　　数　111千字
版　　次　2020年6月第1版
印　　次　2020年6月第1次印刷

书　　号　ISBN 978-7-5709-1457-9　　**定　　价**　42.00元

黑龙江教育出版社网址：www.hljep.com.cn

序言

在爱的小舟中，诗歌慢慢地靠岸
——读周兴青诗集《路痕》有感

纪开芹

我读到周兴青的诗集《路痕》，是在立冬前某一个静谧的午后。干净的诗句在那一刻填补了秋日的空旷。作为一个写诗还不算久的年轻诗人，她那语言组合的功底，丰富的想象力和深刻独到的人生体验其实已经远远超出她的经验范围。这些诗句让我对诗歌写作有了新的体悟和认识，我再次为此陶醉、痴迷，感受到文字奇妙和蓬勃的生命力。这当然也源于她的文学素养积淀之深。作为中文系研究生，她具备坚实的文学功底，较高的写作起点，这使得她能在较短时间内完成对诗歌语言的把握和运用。周兴青现在在南京工作，她接触到的孩子整体素质都很高，他们小小年纪就开始读万卷书，行万里路。周兴青自己也在不停地学习、行走，她的眼界是开阔的，心胸是博大的，唯有如此，写出来的作品才可能开阖有度，不至于沉溺在无病呻吟中。而且，从这本诗集中也能看出，她努力尝试拓展诗歌的题材范围，将平凡的日常转化为诗意的存在。

《路痕》的开篇《生活的枪指着我的时候》这样写道：

生活的枪指着我的时候
是文字替我挡了子弹

“心中有淤泥，文字帮我清理；生活有压力，文字帮我纾解。当沉重变得风轻云淡后，回头再看文字，它们成了无关痛痒的路痕，文字帮我记忆生活。”作为作者的第一部诗集，《路痕》探讨的是一个平凡的话题——爱与自然，这也是贯穿在我们生命中的永恒话题。

周兴青相信文字的意义在于记录生活。童年、少年、青年的时光都会在文字中一一呈现。生命如果有轮回，那就是在文字中将逝去的时光重新经历了一遍。从这一点来说，生命就是不朽的。

整部诗集精选诗歌100首，可以分为两部分。她一方面以大量篇幅写下一个母亲的感受，抒发爱情的浪漫、亲情的温馨，一方面又在客观描述自然时，融入自己对人生的思考，倾诉对家庭、对社会、对日常物质生活的欢喜和眷恋。《路痕》这部诗集用一个字道出世界的原初、生命的本质，这就是“爱”。

《心安处，即天堂》

一位先生，有天突然悟出这句话
对，就这一句话
足以应对一切，临危不乱
他让我站着，站稳了
他把这个天梯，装进我的身体里

《23:30下班的他》

升于键盘上的月亮
心中没有流浪的江河
却有，落在水面的影
当，渡我的船

在我们意识中，爱给人以安稳，以依靠。尘世的各种温暖都是爱所赐予。这两首小诗就是在告诉我们，所谓“心安处，即天堂”。我们在爱的光辉里沐浴，在爱的小河里泅渡，爱能引导我们通达光明。短短几句，深沉的爱恋，至真至纯。这可能也是周兴青有意追求的一种美学风格，避免意象密集造成晦涩难懂。永恒的爱情没有惊天动地，没有激情燃烧，却总让读者回味良久，闻到爱情的芬芳。只言片语犹如枫叶，片片落入怀中，轻盈柔和而意蕴深刻。

在《妈妈的爱，没那么容易》一诗中，周兴青这样写道：

旷野的风猛烈地吹
遇见了一棵草，突然就停了
把不羁的叶片卷起来
竖成耳朵的形状
专听草动时的柔声细语
和说来就来的雷雨
荒原，瞥了眼风骨
她把里面的自由也一并收了
本来没形状的风
从此，有了一个草的模子

一个母亲所有心思都在孩子身上。她说“本来没形状的风，从此，有了一个草的模子”，那么她的自由散漫都将会收敛。爱是什么？爱就是牺牲自我。

“把不羁的叶片卷起来”“把里面的自由也一并收了”，这是爱的具体体现，它不是挂在嘴边的口号，而如涓涓细流，将爱落实到琐碎的生活中，仿佛风的手抚摸着孩子，由此也可以感悟到，各种生命汇聚在大地之上，爱把它们相互关联起来。

父亲摊开双手
曾抓过的米粒
凸出着，竟像钉
妻子的依赖和怨嗔在上面挂着
孩子脚下的路，每一步都在上面挂着
一根一根，真的整齐啊

我仰面躺在上面
生命骤然疼痛

而在《父亲的手上，挂着钉子》这首诗中，表现的恰恰是父亲为子女付出的一切。“我”为“我”的孩子改变许多，父亲也为了“我”改变很多。这就是代代相传的亲情。那一代代人的记忆构成人类历史的长河，构成长河里动人的浪花。

这是周兴青诗集重要的主题之一，细腻生动。诗集另一大主题就是自然，蕴藉隽永。

学会与自然相处，聆听自然，感悟自然，敬畏自然，在浩瀚无垠的宇宙中发现神奇，这是周兴青诗歌中体现出来的另一种品质。周兴青尽力用最平淡的手法传递出万千感慨，将自身的生存体验融入审美观中，并引起读者共鸣，确实是值得称赞的。高尔基曾说，诗人就像大自然为表达绵绵不绝的哀愁而制作的一个器官。这大概是说人与大自然本来就是一体，因为人是大自然所创造出来的，依附于自然而存在，所以我们能从草木虫鱼、山川河流中感悟到生命的真谛。我们来欣赏几首她的关于自然的诗作：

《丹霞地貌》

落日西沉时
为了懂得你嫣红的心事
我搬进鸟的眼睛
经常盯着路过的风
经常望着美了一下午的云

这是一种思考的姿态。落日、鸟、风、云莫不是自然的产物，其中也包括一个小小的“我”。此时此刻，“我”即物，物即“我”，物我完全是相融的。这首小诗里，她为我们建构出一个纯净简朴的精神空间，辽阔而孤独。

《羊群》

站在远处，看
天空中落下的星星
在白天，也像小灯一样
照亮，摸黑生存的人们

羊是羸弱的。它们散落在大地上，并不为人所在意，正如星子散落在天空也并不稀奇。可是在诗人看来，星子也好，羊群也好，都给人以温暖，给人以希望。其实这首诗可以有多种不同解读。为生活奔波的人如羊群，羊群如星子，星子如灯……作为一种抒情的载体，周兴青好像更懂得用诗来建立自己情感的大厦。每一个字、每一个词都被合理地安排到恰当的位置，发挥它们应有的作用。细细品咂，当真言有尽而意无穷。

整部诗集中关于自然的篇章也很多，这里不再一一举例。

在各种文学体裁中，我以为诗歌是最需要斟词酌句的一种文体。写诗的过程如冶炼的过程，需要我们辛辛苦苦，在文字的辞海中冶炼出语言的黄金。从庸常的语言形式中走出来，营造语言的宫殿。中文系研究生周兴青深谙这方面的技巧。整部诗集语言时而活泼开朗充满童趣，表现出少女般的天真烂漫；时而凝重深沉，充满哲理性思考。

《冬日诗行》(其一)

我站在喧嚣处
读了一首
静寂的
白色诗篇

《冬日诗行》(其二)

白雪说
把你们失眠的夜
交给我吧
就像，我抚平
地上的伤疤

这两首关于雪的小诗不仅从内容上给我们以空茫辽阔之感，语言上也极力拉长读者审美的时间，以便于欣赏，同时运用想象力将我们送到洁白无垠的境界里。语言的魅力就在于此。毋庸多说，这样会把一首诗解读得细致到位，完整地感知它，诗的美妙就在可意会不可言传中了。

《雾》（其一）

山林雾了，残花雾了
钟声雾了，西风瘦马雾了
诗和远方，都雾了

《雾》（其二）

眼睛看不到眼镜，我也看不清
自己，是否是一具赝品

《初秋，雨飞》

秋雨是什么颜色的
妈妈满屋子追我
换衣服，想与它匹配
如一颗草籽探问土地
九月跟着雨水
跑来跑去
雨不停
九月不停
我也不停

类似这样的句子比比皆是。读者掩卷深思，似乎总能从中悟出点什么来。正如朱光潜在《谈美》中强调的“文学表现人生和怡情悦性的功用”。我们在读这些诗句时，一瞬间会感到美，进而展开联想，体悟到诗人传递给我们的独特个体的生命体验。所以，朱光潜先生归纳说：“人生就是一种广义的艺术。”

读一首好诗，就是分享诗人的智慧，让人感受到甜蜜和愉悦。《路痕》中那些美丽的句子像一支灵动的乐曲从诗人笔下缓缓流淌。她的怅惘、火热、哲思，她诗句下隐藏的天真无邪和狂放不羁，她的情怀、禀赋和思想都从这里走出来。阅读《路痕》，就是阅读一个人在洁白纸张上默写下来的灵魂，阅读一个人在词语王国里的守望。

纪开芹，安徽寿县人，中国作家协会会员，中国诗歌学会会员，寿县作协副主席，淮南市作协理事。诗歌作品发表于《诗刊》《解放军文艺》《诗歌月刊》《诗选刊》《绿风》《延河》《安徽文学》《清明》等。曾参加《诗刊》社第33届青春诗会，著有诗集《修得一颗柔软之心》《虫鸣向晚》和随笔集《柔而刚的老舍》《忧伤而坚韧的曹禺》。

CONTENTS

目录

寻路篇

XUN LU PIAN

你若盛开，清风自来。心若浮沉，浅笑安然。

——三毛

1. 生活的枪指着我的时候

生活的枪指着我的时候
是文字替我挡了子弹
我茫然地看着一个个跟帖
像对着一面模糊的镜子
里面打着鼾的文字
怎么叫嚣，都吵不醒
沉睡吧，请安息
那是替我挡下的子弹
化成的春泥
偶尔有几滴掉落的
清明的泪
方块字就开花了

心中有淤泥，文字帮我清理；生活有压力，文字帮我纾解。当沉重变得风轻云淡后，回头再看文字，它们成了无关痛痒的路痕，文字帮我记忆生活。

朋友中也有喜欢文字的，每当我用文字把内心或潮湿或黯淡的一面掀开来的时候，总有评论，夸赞它们，优美或动情，质朴或真实。但是，文字背后我跟自己较着的那股劲仍在。它们缓慢地治疗着我，治愈后，我再看这些文字，它记录的生活，像泪水浇灌后，开出的娇艳的花。

2. 我的六月

如果你看见一辆奔跑的自行车
那是，我的六月
如果你看见一杯泡散的菊花茶
那是，我的六月
如果你听见撕碎挂历的钟声
那是，我的六月
如果你听见糖浆瓶子里响起了咳嗽
那是，我的六月
我的六月，三十九度
如果，你看见，或听见
请把它完好无损地带给我
我需要灼烧
这宽阔无边的荒原

▶

那一年，我初中毕业，中考作文《六月的翅膀》被阅卷老师抄下，投稿到了县城的《寿州报》，巧的是，我的高中语文老师就是那位阅卷老师。

那一年，我高四。寿县城不大，妈妈陪读，我们住在城北，学校在城西。我每天骑自行车，两只脚像风火轮一样转，车子速度快极了，古城的老街横竖贯通，而我像风一样地斜过。

高四的日子，还有日记、咳嗽、心中执着而热烈的大学梦……像发烧一样，三十九度。

而如今，我还在文字的道路上摸索，只是心中多了许许多多的淡漠。就像荒原，需要灼烧。

3. 老物什

门口的树，树上的窝，风拂过
墙角的桌，桌上的书，尘落过
厨房的锅，锅里的铲，声响过

睁开眼睛，这些物件
陈旧又新鲜
照着我，如同阳光照着
堂前草
春天的绿，一阵风里
漾出了秋黄

老物什对于人有着秘密的吸引
它们钻出时辰，抖擞分秒
深情地，自然地
和我说着家乡的话
记忆涌动起来
桂花在开放，稻香和虫鸣
用目光爱抚我们一遍遍

老家的老物件特别多，老房子、老柜子、老自行车、老水井……甚至还有妈妈用了很多年、漆都掉光的老锅铲。唯独缺了一些黑白色的老照片。那块土地的老物件，在过去养育我们的身体，多年后，又滋养我们的心灵。

4. 童年昨夜来看我了

她扯了扯我的衣袖
摸摸我依然修长的手指
和手指间流出的诗
泪湿了脸，不说话
然后走了出去
她的褂襟前短后长
我追上去
在一条黑漆漆的柏油路上
她拎出中秋的火把
甩起来，火星四溅

滚烫的视感
迫使我睁开眼睛
室内寂静如初
隔着玻璃
我看到一轮圆月

你啊，以前你往地上看
现在你往天上看

▶

几乎没有小时候的照片，所以记忆里闪过的镜头，就像胶片一样。记得那时候的八月十五，从街头拎着火把，一直沿着马路走，看火星四射，看火团簇簇，兴奋的小脸被映得通红。如今，马路上来往的车辆多，孩子们也少玩这风俗味极浓的游戏。我开始在中秋望月，不管它是皎洁的，还是清冷的，我都要抬头仰望。而现在的生活，越来越努力去够比自己高很多的东西，够得久了，竟忘记低头看看，或回头看看。

5. 年少读书日

春渐暖
村庄的晨曦渐明
鸡鸣起，嗓子拉皮条似的
割据了渐淡的阴雨
狗叫了，汪汪地吵
激烈地，扯断了
一切风吹草动
靠着枕头，木板床上
书页咯吱咯吱作响
我驮着梦中落下的星子
奔波着，喘息着
追赶清晨的第一缕阳光

读书是清苦的，唯勤奋可以补拙。

6. 吾日三省吾身

我蹲坐在树头
像一只猫头鹰
瞪圆了眼睛
去看管白天漏下的时间
看不住最好的
也赶不走最坏的
只把晨光和夕阳，在暮时
带回我安然的巢
以至于，下一次展翅时
不迷失在黑夜里

常常反思，让自己不迷失。

7. 我不想费脑筋

我不想费脑筋去看
人的表情
鱼的眼睛
以及，看不懂的诗歌
我想一眼望穿
雨那头的云
夜那头的黑
烟那头的火
我不介意，自己是
无用之人

累的时候，想放松；放松时，想自己成为这个世界上最简单的人。

8. 烫发

头上的卷棒像楼梯
多久，我没有上上下下了

夜已深
镜子里模糊的人
和钟点一样，懒散、粗粝

确是幸运——我不需要
前进或是回头，在即临的终点
别人告诉我，你该在哪里
该以什么样子在那里
不动脑筋的时候
我的头发一下子多了

收工
我是免费的作品

▶

那年春节前，给一个孩子上课，她家是开理发店的，在大行宫附近的科巷。下了课，她把我邀请到店里做头发，那是我最放松的一次，不需要考虑自己将被改造成什么样子，不需要考虑选什么价位的产品，不需要惧惮城市里通透的灯光将自己打回懒散的原形。去了眼镜，镜子里的自己模糊着，直到大功告成，才发现挺美，我是免费的优秀的作品。那一次，唯一一次，做完头发，闻不到药水味。

9. 月嫂

这一单到那一单
像潮汐
这一家到那一家
像赶海
这一月到那一月
像风来风往

风来时
掀起贝壳的脚印
哼着沙子的哨音
捉住月光清澈的影

风往时
走到哪里
身上都带着乳汁的味道
在日头下光洁地闪耀

北岛在诗中说："一个人的行走范围，就是他的世界。"月嫂是湖南人，行走在江浙沪一带的家庭，爱她带过的每一个孩子。

上海文画堂作品

10. 别了，这二十六天的相处

总有一些星星，在不经意间亮起
总有一些种子，在地下轻微呼吸
总有一些花朵，按时开放按时凋零

总有一些遇见，像星星，像野花
萍水相逢。像常翻的一本书，见到的文字
一粒一粒，都是舍不得告别的背影

总有这样，或那样的安排
令我们遇见，又分开。告别一段相处
我哭泣，像婴儿断了奶

▶

都说生二孩需要勇气，而我难以抹平内心有个女儿的渴望。月月便来到了这个世界上，与亮亮哥哥共同成长。月嫂照顾着我和月月，这个世界上，有几个人可以和你睡在同一张床上，让你敞开全部的身体也不觉得尴尬，还能在夜深人静时说说自己的心里话？在我心里，她不是月嫂，而是朋友。

11. 四天后，我将出门

四天后，我将出门
去顶楼
看洗净的衣服被悬挂
在风里变轻
变轻的还有我
仿佛体内的恶露
和灰尘、污垢一起蒸发

四天后，我将出门
去幼儿园
石榴花还在开吗
那是一年中它最好的时候
是否现在，它的肚子已填满
一颗一颗，密匝匝的甜蜜
从树下望去
有欢欢喜喜的小朋友
他们的眼睛，是青草茂盛之地

快到一个月的时候，开始期盼着出门。让小眼睛可以装下更大的天空。

12. 妈妈的爱，没那么容易

旷野的风猛烈地吹
遇见了一棵草，突然就停了
把不羁的叶片卷起来
竖成耳朵的形状
专听草动时的柔声细语
和说来就来的雷雨
荒原，瞥了眼风骨
她把里面的自由也一并收了
本来没形状的风
从此，有了一个草的模子
刻着草不断长高的个子
和，风的眼眸里不断模糊的星子

原本是自由自在的女孩，遇到了一个孩子，就把骨子里那点贪玩或矫情收了起来，将大把的时间和爱给了孩子，偶尔想着，自己的梦或许越来越淡了。

13. 幼儿园接孩子

一棵春草，在葱茏的园中
时而欢笑，时而蹦跳
等待的，是季节的风
她只有一种味道
刚刚从绕在被子里的
阳光中逃跑
躲在草的发尖上
等他咯咯地笑

▶

到幼儿园接孩子时，他总会跑着过来，喊：“妈妈，妈妈。”他像棵小草一样，等待着风的到来。我也是满脸堆着笑，相见甚欢。

14. 二三月，夜晚

日子碎了
不成形的睡眠
在上面浮着

▶

那些夜晚，睡得迷迷糊糊，知道了睡梦的不安，来自白天的焦灼，也隐约体会到了辗转反侧，失眠的感觉。夜和梦，都是越沉越好。

15. 滚蛋吧

好的最高级
是想见的人能见
不想见的人可以不见

有人和我说：“你得学会两句话。”我问：“哪两句？”

“‘关我屁事’和‘关你屁事’。”哈哈，很有道理。

16. 致循规蹈矩的青春

两只跷到桌上的脚
交叉着
我
以梦为马的青春

▶

骨子里想做个豪放派，不拘小节，浪荡不羁。

17. 无处安放的爱恋

明信片上的我
是剪影
看不清鼻眼脸
才能寄向，暗恋

▶

暗恋，不敢说。年少时，有过。

18. 爱笑的肚脐眼儿

肚子上有一朵
越来越盛的花
我顶着它
在春天行走

▶

肚子慢慢鼓起来，孕妈，也会美美哒。

19. 情话

想说一些短的情话
喉咙里
有了一只杜鹃
在啼叫

知道二宝是个女孩的时候，忍不住歌唱。

20. 龙虾，躺在菜市场

我曾和龙虾一样
硬的钳子
红的壳
一条海水沉默的黑色线条

我的四周
水连着空气
空气连着——
我密不通风的呼吸

清晨，人潮将我一遍遍唤醒
我不是铜墙铁壁
是一躯拖着反思的肉体

▶

内向的人，习惯沉默，不是不想说，是不知道该怎么说，不会说，怕说。龙虾的爪子会夹人，话语也会得罪人。说话，是一门艺术。时常反思。

21. 龙虾配黄瓜

我掐它，它忍了
我吼它，它沉默了
我哪来这样的权利
我只是龙虾，又不叫作
女人
它细长，虽不笔直
却总在风中站得挺直
有时，落雪了
四周雪白，它的心却像墨炭一样
熄灭了，失温
我们最缺一场燃烧
把我燃烧成女人，它是男人

那一年在上海，嫂子做了一盘她喜欢的菜：虾仁炒黄瓜。

我想象中，龙虾和黄瓜在一起，像极了男人和女人。

上海文画堂作品

22. 熟了，龙虾

油盐花椒胡椒粉，还有味精
生活哪能没有一粒甜蜜
再放点柠檬，黄瓜
它们充当阳光的味道
翻炒，翻炒
火一直噗噗响着

锅铲聒噪地拨
直到火焰被掐灭
生活的微澜冷却
才惊觉
虾仁与黄瓜早连为一体
像天空与云朵，泥土与坟墓

▶

既然说，龙虾和黄瓜，像男人和女人。男人和女人，成为柴米油盐的夫妻，就过着叮叮当当的琐碎日子。过了半辈子，激情冷却了，才发现，两个人真正连为了一体。

23. 铂金戒指

有个铂金戒指
一直放在抽屉里
盈盈的白，碎钻嵌得繁密
像星光，洒满银河
有个银戒指
一直套在手指上
耐磨，经得起风雨
两只戒指常常在我们
睡着的时候
说我们过去和现在的
故事，给对方听
直到对方听得咯咯笑，或莫名哭泣

K有两枚戒指，一枚一直在抽屉里，一枚一直在手指上。铂金戒指容易被刮花，银戒指耐磨。两枚戒指，见证了我们生活的温馨甜蜜或风风雨雨。

24. 吉他声声

我欠你一篇文章
华灯初上
吉他声声响

那是牵过我的手
再牵它时
一定带上了我的温度

“大约在冬季”
墨色的音符从我的
打印机里
突突地跳出
靠在你的支架上
仿若
忙碌一天的我
在夜晚泊在你的臂弯里

吉他声声响
那节奏在一个音痴的耳中
只剩下轻而密的
爱的鼓点

▶

有个琴行举办征文比赛，获奖者可得一把吉他。K想让我参加，我也应允："好呀，我试试看。"可是，那段时间太忙，或者终究没把这事放心上，文章没写。家里有三把吉他，他很少有时间弹，一天网上找了琴谱，用我的打印机打印出来，靠在支架上对着弹，一听曲子，是《大约在冬季》。我们平凡的生活，好像有一条清澈的水流淌过。

25. 心安处，即天堂

一位先生，有一天突然悟出这句话
对，就这一句话
足以应对一切，临危不乱
他让我站着，站稳了
他把这个天梯，装进我的身体里

K的父母信奉基督教，因此家里常有“天堂”这个话题。K有一天突然悟出了“心安处，即天堂”这句话，它让性格急躁的我，慢了下来，焦躁淡去许多。

26. 23:30 下班的他

升于键盘上的月亮
心中没有流浪的江河
却有，落在水面的影
当，渡我的船

姑且把这当作一首情诗。那晚K下班晚，回来后，听我说饿了，便把馒头切片，裹上鸡蛋液，煎着给我吃。

27. 绿皮车

哐——
是谁拉开了时光的闸门
回归，在多年以后
关于那场故事，她和他想的
不一样
小餐桌上有他们一起翻阅过的句子
有他们一起反复阅读过的诗行
说好的，一卡车的陪嫁
一卡车的书
一卡车的夕阳
荒诞地，在深深的梦里
再也没有觉醒

绿皮车，是他们记忆里的故事。她和他是大学同学，谈了场“男才女貌”的恋爱。毕业后，女孩读研，男孩回老家工作。她的记忆里，是他们曾经浪漫的约定，比如，他们一起在绿皮车上看书；比如，她的陪嫁，是一卡车的书。然而，最终他们阔别两路。

28. 我是静卧的声音

我是躺在琴弦上静卧的声音
等待温柔的夜将我拨醒
发出do re mi mi re do
最简单、安然的爱的嗡鸣

我站起身时
裙子是月色的，发簪是繁星的
迢迢银河在向我靠近

▶

那天是情人节，没有礼物，家里靠着吉他，想象着，收到了一首浪漫的情歌。

29. 我是

星星是天空写下的最美的词
我，是其中的一颗
西江月，蝶恋花，抑或浪淘沙

邮差与车夫赶路
月色是那未拆封的情书
我，是白色的风尘

倘若可以选择
我愿我，是七夕出生的孩子
妈妈一定会
用竹竿打落两颗星子
藏进我的眼睛
眨眼，便是整个苍穹
穹顶之下
是爱我的人

▶

七夕节，许了愿，星星会眨眼。

30. 造访你，是为了造访自己

不是每一片春天
都在平坦里流淌着葱翠
有时，它从叶子里鼓出
比哺乳期挤出奶水，疼很多

我才见过起伏的山脉
今天，就见到如山峰一般的你
我才在雨水和咳嗽叠加的清明
想到肿瘤
今天，忘不了等待化疗的你

夜晚，你和我一样被黑暗笼罩
我在灯光下读书，而你呢
你一直在听风吟
好像那比你身体里的呻吟，有神韵

我想弃书而逃
跑去你身边，用我——

小小的眼睛盯着你
倘若有一只小虫爬了出来
倘若有浓稠的液体流了出来
我就可以及时地，把你抚平
把春天缝补

你一定奇怪，我为什么这么好心
我不会告诉你，生活里那么多的
隆凸或溃烂，让我们无能为力

我造访你
像造访若干年后的自己

在公园里，看见树上的叶子有一块块鼓起的包，有人说里面是寄生虫，也有人说里面是虫卵。我却有触目惊心之感，意念中那是树生了病，那是它的肢体里生了肿瘤。

31. 风中的芦苇

——致杨绛先生

清流
缓缓地
啄着芦苇的足尖
湖面的风吹着
洞箫一般，绕着一湾青翠的梦
空灵，哀婉，含蓄……
芦花摇曳百余载
明月映之，白如积雪
淡和悠远，大是奇景

2016 年 5 月 26 日，杨绛先生离世，她的一生与喧嚣和浮华无关。

32. 穗花落了

夜晚，凉意随风的节奏颤抖
苏杭的朦胧重了，干校的穗花落了
时代沉浮中宠辱不惊、与世无争的眼
闭了

穗花的香味仍款款地绽放
持续繁茂着，抽动的枝枝叶叶
在旋转的年轮边
无论匀速、急促抑或缓慢
都是青涩的

▶

在《干校六记》里，有穗花。穗花落了，芳香依旧。比起不在此世的她，我们如此青涩、稚嫩。她说："你的问题主要在于读书不多而想得太多。"

33. 怀念的人群

有的人认识你，有的人不认识
有的人读过你，有的人没读过
有的人懂得你，有的人并不懂得
生时是传说，让人觉得亲近又敬重
死时反而有了体香，人们嗅着
更亲近了
亲近，是一种什么样的感觉
来自鼻子、耳朵、皮肤、心灵
每一寸都写满文字，画满图片
因为那一双一双埋在朋友圈中的眼睛

看过照片算不算认识
读过片段算不算读过
懂得故事算不算懂得
最贤的妻，最才的女
你和我们这些怀念的人群
一样世俗，却又那么脱俗
读万卷书让你有趣

行万里路让你心宽
怀念的人群称你先生
约定俗成，爱不释口
与性别又有何干？
先生，师者
为人，胸襟宽阔
为妻，平和温柔

那一天，朋友圈被杨绛先生的文字和图片刷屏了，大家都在跟风，不管了不了解，不管有没有读过她的文章或书。但大家都知道，与钱钟书在一起，她是最贤的妻，最才的女。至此，对世俗里的我们来说，杨绛先生，真的成了老师。

生命有长短，人生有起落，亲情、友情、爱情平行，交叉，又走向平行。与人，与己，且行且珍惜。

34. 二妈落了

秋叶枯落的时候
二妈也落了

二叔一遍遍跟人说
她临走时的情形
像在数树叶的脉络
数着数着，哭了

爷爷离开时，他们说
后面就轮到他们这一辈了
半是玩笑，半是通达
这一天，真到了
当头一棒

原来只是长长的一条白布
围在我的脖子上
这一次，我穿上了素衣
长到拖地

农村里消息像风
街坊邻居的门被敲开
亲人的梦也被吹醒
农村人一生忙碌
为儿孙
也为张家的长
李家的短
他们知道
自己身后
村里人在忙碌

她们在洗碗
她们在切菜
她们在倒水
她们在聊天
她们的身影里
有曾经的你

▶

爷爷去世的时候，叔伯辈有点伤感，有点无奈，又有点豁达地说："下面就轮到我们了。"没想到，在这一辈，最先离开的是二妈。

35. 父亲的手上，挂着钉子

父亲摊开双手
曾抓过的米粒
凸出着，竟像钉
妻子的依赖和怨嗔在上面挂着
孩子脚下的路，每一步都在上面挂着
一根一根，真的整齐啊

我仰面躺在上面
生命骤然疼痛

父亲做粮食生意，一双手抓过无数把米。父亲有过许多次外出打拼的机会和经历，终究因为舍不得孩子，草草了事。父亲吃过的苦，女儿想想，敬重也心疼。

36. 伞下的小眼睛

细雨濛濛
从碰触过暗礁的江涛上
答答地飘来
落在伞尖的游丝
黏着潮水透明的腥湿

伞沿恰好与一双小眼睛齐平
伞外的世界只随着妈妈的身体
一摇一晃，若隐若现
孩子眉目低垂
地面洼处的积水
在清晨，未苏醒

“头歪一点。”妈妈的话语
像糖块从糖纸中轻然剥落
在湿润的气流里翻滚
瞬间，伞下的小眼睛里

雨帘如翅子驮着白昼
在向北的街道与风云嬉戏

也就在
孩子的微微侧目间
妈妈湿漉漉的脚步
已踩着人生繁华无限

▶

在雅如家里上课的时候，有一次，我们说到旅行，她妈妈说，雅如第一次跟着爷爷奶奶去旅行，回来后，远远地，一下子扑到妈妈的怀抱。妈妈说起，记忆犹新，初三的孩子可能并不记得。我听着，倒是羡慕的，那时还没有正式接亮亮到南京来。后来，我每次回家，他都远远地开始跑，离得近了就扑过来。跑得太快，经常险些摔倒。不论是在乡村坑坑洼洼的小道上，还是在车站人声鼎沸的喧闹中，他扑过来，我就紧紧抱着。现在我常常对他爸爸说："下班回来抱抱他，过几年他长大，就抱不动了。"而我自己，能让他自

己走的，尽可能让他走。今天因为下雨，一路抱着。我想，每个妈妈的眼中、心中都装着柔情，是这柔情让瘦弱的臂膀有力，不然哪有劲一路抱着悄悄变重的孩子，不然哪有耐心对付琐碎的吃喝拉撒睡。柔可以生刚，大概就是这么一回事。

37. 都不容易

我从和平出来
门口的沙子没睡
工人坐在一旁
光着肩膀，披着月光

我的高跟鞋是一种罪过
那声音惊醒了他的烟头
裙摆是一种罪过
撩乱了停在他周边的风

路上，音乐声起
我坐在忽明忽暗的节奏里
想着他亮着的烟头
在月光里，是否离去

我从和平大厦结束一天的工作已经11点，出大厦看见门口有工人，坐着，烟头亮着。大家的生活都不容易。

38. 七八月，散

突然，特别想念
像苦菊想念春天
麦苗想念满月
牛崽想念棚圈

苍野处，牛们低眸耕作
踏蹄的七八月，说来就来
我们默不出声地
背着犁铧，越过田埂
各自山水，各自跋涉

拖出的槽沟，一截又一截
刨开牛们脊背的黝黑
拱出，四下的荒径

夜和泥土一样沉重时
我听见，你们蹄下古板的土地
还在哗哗翻动

你们也来听听我的
它犹如翻涌的水浪
漂着和汗水一同滴下的挂念

▶

7、8月，我们特别忙碌。我和同事在各自的校区，见不到面。我们吃苦耐劳，如牛用尽全力耕地。分道扬镳后，这首诗，算作仅有的一点纪念。

39. 无题

花朵和草儿，赶着风
从草原上跑了
我独自
驮着月光，坐着

远远望着
花瓣上，我的晨霜
草尖上，我的雨露
你们小心点啊
如果跌倒了
我的梦就裂开了

放学了，孩子们一个个说："老师再见。"我在教室里坐着，灯光像月光一样。心里念叨着，期中考试你们要好好考，考不好我会失望的。

40. 嗓子

我的嗓子里，和所有人的一样
窝过愤怒、不屑、哭泣
窝过许多欲言又止
又依着小小的震颤，画出一些缤纷

有时，我在想
倘若溯洄的辞藻可以驯养
那窝里一定要长出，短短的枝丫
就像短短的喙
啄春泥、啄繁花、啄雁过留声的平静

当语言飞出去
遭遇狂风暴雨，回头看时
那个窝还敞开着
像父母为出远门的孩子保留着他的房间

如果有一天
语言失去了飞行能力

那个窝还在等他回来
关上门，翻阅之前啄来的
春泥、繁花、沙子、平静

▶

语言是最靠不住的东西，从嗓子里发出后，就散了。哭声或笑声都从嗓子里发出，情绪未喷发之前，都窝在那里发酵。如果说出的词语可以选择，窝着的情绪可以选择，那希望是词语美丽，情绪平静。

41. 嗓子哑了

风从它的岩壁中灌过
回声很大
雪从它的意念中吟出
细微震颤

明白人都知道
我不喜欢它
它不会唱歌、朗诵、演讲
常常，还不会说话

它哑了
一棵沉默的野草，撩不起风
一支沉默的芦苇，白不了头
我更没有喜欢它的理由
“好在，无声无息，我也会疼痛。”

疼痛，也是一种存在。

▶

每次受凉，人还没有感冒，嗓子就哑了。开始声音变得很粗粝，像风；接着只能发出细微的让人听不清的声音，像雪；再后来，完全说不出话，失声后只剩下疼痛。这嗓子，不会唱歌，不会朗诵，不会演讲，不会说动听的话，但它还会疼痛，疼痛也是一种存在。

42. 红眼（其一）

不明病理，眼睛红了
分泌物越多
越睁不开眼睛
如果不想像盲人一样
看不清鲜艳
那就，把眼睛闭着
等待秋枫渐红
腥气渐逝

孩子的眼睛红了，早晨醒来被眼屎糊着，睁也睁不开。我想起自己小时候，也有过类似经历，躺在床上，用手指扯粘在睫毛上的分泌物，有时连着睫毛一起拽了下来。写这首诗时，想到的是黄安的一首歌——《眼红》。一个人对他人的所

得所获，倘若只有眼红，而看不到别人的才华、努力、坚持，甚至认为是性格带来的运气，就会像盲人一样。那就把眼睛闭着，把眼睛里的腥气散去，等待这“红眼病”自愈。

43. 红眼（其二）

透明的比眼泪更凉的
滴眼液，在眼球上滚动
即便你闭上了眼睛
它仍带着泪水从眼眶溢出
就像你不去回忆
回忆一样漫过心头

用了儿童滴眼液，不想流泪，可眼泪还是顺着眼角就下来了。有些伤心的事，有些错过的人，有些念念不忘的回忆，都会在不经意间，回响着。

44. 白发（其一）

零星拽下的一根根白发
像个玩笑
于不在意的时候
扯一下头皮

今早拨弄我头发的人
告诉我，里面藏着很多
很短，很弯

难道是我昨晚
做了一个纯白色的梦
心慌张地怦怦直跳
像打翻了秋日温热的杯盏
溅得酒水一地

30岁那年，突然在意起白发来，也突然明白为什么老人们喜欢染发。白发就像一根细长的银针似的，往心尖上一刺，骤然疼痛。30岁开始领悟，岁月不饶人。如果白发还能有些诗意的话，那一定是我前一晚做了个纯白色的梦，梦太香了，月色从我的梦里蔓延到发丝上。

45. 白发（其二）

零零星星拔下的白发
在同一天突然长出来
大地不曾
辜负它们的辛苦耕耘

当丝丝细流聚成小河
再汇成海洋的时候
我守在田野的等待
贮满了诗意

那时年华已丰满
尽管我可能瘦骨嶙峋
他在清早
拨弄着我的头发
告诉我，里面还藏着几根
黑色的，我们年轻时的呼吸

▶

零零星星的白发，偷偷变多。将来，满头像细流汇成小河。如果白发还能有些情意的话，那一定是我们有白头到老的人。当我们都老了，那个人拨弄着我们满头的白发，从里面找出几根黑色的发丝，一起回忆着年轻时的故事。

46. 秋，置一棵草于旋转的中心

午后的风绕着入秋
第一棵枯黄的草
转了好久

天地以我为中心
颠簸着，去阴间的路

我从眩晕中
站起来时
已不介意
身体举着盛大、浓密的秋意

那天，莫名感到头晕，缺觉，下午补了几个小时，好了。

47. 胳膊上的点墨

那是很多年前的故事
青黛色的山盟海誓
在胳膊上一字字地宣读

读着，旷野中风的绿色
读着，机杼中针脚的稠密
读着读着，就读出几个点
比一切演说都声情并茂

风停的时候
针脚也歇下了
瘦瘠的女人在田地里垦作
胳膊上的点墨为她动情地唱歌

小时候就见长辈的手腕上刺着的青色点墨，每个年代，美有不同的样子。

48. 街道，像去年一样

年前的街道，最有意思
红灯笼挂起了所有的
风和日丽，为城市里归来的
树干和花朵
水泥路面，等了一年
才亮成镜子
照着对联和口红

迎面陌生的男孩走来
甲乙丙丁，只听过一次的名字
饱满得像
支点，在身体里来来回回
娉婷成了一朵插在
口袋的玫瑰

两朵玫瑰，在老街
炸开地红，比鞭炮还响
相亲，一场——

在心里举行的成年礼
氤氲着早餐铺里冒着的热气

一到过年，老街的小吃铺，总会迎来许多对相亲的少男少女。老街确实老了，爱情却一直新鲜着。

49. 歌词

歌词里
有大雨滂沱
窗外的月光，昏黄
淋成了澈白

我从歌词中游过来
像鱼儿绕过岩石
尾巴轻轻一碰
搅碎玉盘
着了慌地逃走

回过头看
月亮还是圆又圆
昏黄依旧

五音不全的人，最羡慕 KTV 里的麦霸。尤其当他深情地唱一首老情歌的时候。

行路篇

XING LU PIAN

一个人行走的范围，就是他的世界。

——北岛

50. 松花江（其一）

听说你的名字，叫松花江
地理书上的一条线，三个字
我用笔头戳过，用心瓣触过
可从未想过，有一天
我就站在你的身边
像恋人在追溯月光下的前缘
看你的第一眼，我双目失明
只听到心在一遍遍地撞击
我不想寻找光明，要觅的是
一声凄绝、绝世的幽咽
然而，你给我的是厚重的沉默
比我眼中的黑暗还要重很多

再看你时，五光十色
脆雪干燥地飘落
落在花样的冰雕世界
就像小龙人找到了妈妈
那一刻，我也站在寒冬里

打开了蛰伏已久的缱绻
我似乎明白了
你为何不享受黑暗冰封
一个纯然的世界
偏要考量人声鼎沸的唏嘘和喧哗
我似乎走在宁静的过往
看到你大丈夫的心胸和小女子的柔情
你任世界各国的冰雕大师将你设计打磨
你愿自己的身体从黑暗中抽离
尖刀刺不出一丝冷血
你心里唱着老渔夫桑迪亚哥的歌谣
你想，漫天的雪花啊，松软的黑土地啊，我的孩子
纵情地舞吧，笑吧
我正用另一种生命，续写与你们的长情

2016年1月，和朋友一起去东北旅行，那一年东北的冬季，是近十年最冷的一季。我们也有幸看到了冰天雪地里许多奇特的美景。

坐在车子上，师傅说，旁边就是松花江。我从桥上往桥下看，一片漆黑，沉默比黑暗更重，这是松花江给我的第一印象。松花江是冰冻的，师傅介绍说，冰雪大世界里的冰就是从这里挖过去的。

到了冰雪大世界，那里五彩缤纷，冰雕形态各异。这是松花江水，用自己的另一种方式在延续生命。

51. 松花江（其二）

当我将要离开你的时候
我沿着你的呼吸一步步走
跟你挥手，独有背影
沉进这段潺潺的回忆
请你携着它，顺流而下，凝结成冰
我的落寞和担忧
将全部掩在你涤然的奔走中

虽然这些天，我脚踩着白雪地
可总能想起，有千丈万丈的黑土地
就深埋在这片浩瀚的无言下
虽然你未曾有意留下耕耘的痕迹
可我的每一口米香和书香
都浮动着，绝不会在风尘中走散
你用乳汁哺育了梅娘萧红迟子建
她们也用文字哺育了我

至少，我与你相遇过
相遇在东北，最寒冷的冬季
人说，衷肠难诉
于是，我的诗说破碎不堪
庆幸的是
雾凇，樱花一般
一路含笑立于你的两侧
那是她们的文字最动情的吊坠
那是独属于你，最烂漫的春天

▶

松花江的下游是冰冻的，松花江的上游却缓缓地冒着蒸汽，像是它的呼吸。松花江不仅滋养着东北的黑土地，也滋养了我喜欢的作家，她们又用文字滋养了我。路边，雾凇站立，就像樱花一般。雾凇是让作家们动情的吊坠，作家们的作品是松花江最烂漫的春天。

52. 雪乡的雪

一路上我都在想，这雪像什么?
像一朵缥缥缈缈悬浮着
即将腾起的云?
像一阵轻轻盈盈散开着
飞向远方的炊烟?
像一团柔柔软软舒展着
吐出丝絮的棉花?
像一个玲玲珑珑倾斜着
裹满白绸的蚕茧?

雪花调皮地
看着我抿紧嘴唇思忖
又嬉闹地从树上洒下一些
落在我翘楚的睫毛上

压低了眼皮
这雪，是一幅流动的水墨画

走湿我的喉咙，我的子宫，我的脚踝
走出另一个至纯的我

▶

雪乡的雪，美极了，我找不到最贴切的比喻。雪乡的雪，如果能融化在我的身体里，我也至纯如它。

53. 冬日的长白山

一个个比喻句
挤着在我的指尖开出花
白天鹅轻摇翅膀来过
吴刚担着月宫中的玉树琼花来过
指腹上的纹路洁白无瑕

静若处子的纯白天池
不需要标注
地谷中高耸入云的地下森林
是扩写不出的长句

我连自己都无处安放
何况是诗句
身后
湛蓝的天空，银白的云朵
白雪、黑山、绿潭，都在为我送行
我来过，也拥有过一些东西

却终究带不走它
指尖，一朵泪在滴

▶

长白山的天池，洁白无瑕，像打磨过的明镜，像用铲子压平过的牛奶。可压过的太死板，不像天池的美。那里纯洁，仿佛一切都是多余，包括我，包括诗句。

54. 能够这样过活，真好

能够想停就停、想走就走
能够自在地张开双臂
能够在中午
在动感音乐的声响
盖过钟表的嘀嗒声时
想一些琐碎的心事
能够一个人散步
坐到木色的椅子上
合一会儿眼睛
睁开时，恰好一个嘴唇可以够到
另一个嘴唇
能够采摘不知名的野花
一路走回家去
没有风暴也没有叛变
能够这样活着
可有多好，要多好就有多好！

拥抱大自然，身心皆放松。

上海文画堂作品

55. 静止在卓尔山的爱

在卓尔山，在广大的平静里
一个渺小的人，倾听时间的流动
注视着远山、草原、云朵、晚霞
夏天盛大，丹霞深红，一切仍在那里
但已处于另一种平静——
完全不同。她察觉
两个重要的人站在烽火台
她甩起衣服，一幅时间之画上的
黑点，或逗号
却如白莲花
开在一个葱绿的山头

▶

在卓尔山，我挎着相机，一个人在前面走。K带着孩子，在后面走。不知何时，他们超过了我，站在了烽火台上，远远望去，是两个熟悉的黑点。我甩起手上的外套，向他们示意。我的背后，是雪山，山顶上，雪花如白莲花开放。

56. 向日葵田

灿烂，无拘，阳光
在这个午后被我们撞见
夏天可做的事真多
摘瓜、葡萄、玉米
还有向日葵
在各种意义上都漫长且愉快
日子发出声响

向日葵在阳光下，从不悲伤。它们，和人不一样。

57. 丹霞地貌

落日西沉时
为了懂得你嫣红的心事
我搬进鸟的眼睛
经常盯着路过的风
经常望着美了一下午的云

第一次见红色山脉，在它上空的风、云、鸟，想必都很幸福。

58. 鸣沙山 · 月牙泉

一缕黄雾
从沙里闪现
又消失在
沙里
身后，骆驼嘶鸣
我在犹豫
匍匐，或平躺
就这样在沙漠里
沉睡
软绵绵的枕头上
做着月牙形的梦
最终，我站着
影子似剪纸
我走了，它还贴着

一阵风吹来，沙子像黄雾一般卷起，又很快消失。本来准备骑着骆驼，往鸣沙山上走。可一回头，却见一只受了伤的骆驼躺在沙地上嘶鸣，于是放弃了骑骆驼上去的想法。旁边的月牙泉，水蓝汪汪的，那么清澈。在沙漠旁，它美得那么恬静。

59. 雅丹地貌

尊敬的
雅丹（陆上和水上）
如果您的任何一粒沙子
能是一个词语
我也不至于此刻这样贫瘠
只有来自心灵的悸动
似一声声清晰的惊叹
侵剥着我
如风吹出裸露的岩石
当诗歌从一片浅蓝水域
向我飘来
我从深渊中，从我的生命里
把它掬捧起来
这，盛开于语言之上的花朵
是我向您深深的鞠躬

▶

有些美，只适合亲眼所见。

60. 与青海湖的一字之缘

我怀揣着心口上的一颗痣
迢迢地，朝你走来
捧来的一路风雨
在遇见你时
只盛着一泓心如止水
盛夏，开始沉静
我才安心一遍遍念自己的名字

▶

我的名字中有个“青”字，像搭讪、对待爱慕者。

61. 羊群

站在远处，看
天空中落下的星星
在白天，也像小灯一样
照亮，摸黑生存的人们

▶

远远望着羊群，从山坡上走下来，像星星在滚。对于我这样摸黑生存的人，需要把自己像羊群一样放生。

62. 额尔古纳河，一条由重变轻的路

如果，文字是一条线路
我在几年前就触摸着风，走过一遍
那时，我见过的额尔古纳河
简洁、静穆
石头上有鱼骨的纹路
我，变得厚重

如果，卧在河流里的云朵是一条线路
我在二〇一八年夏天，又走过一遍
见到额尔古纳河，蜿蜒、绵长
我身上来自俗世的尘埃
走过一程，抖落一段
河流之下
我，像鱼一样渴望更轻的骨骼

▶

读研时，最爱的一本书——迟子建《额尔古纳河右岸》。

63. 小男孩，在原始部落

小村庄镶嵌在山丘之间
人真少
只剩下守林员
和黝黑的迟暮老人了
与驯鹿、溪涧、树林
溢着绿汁的林间苔藓
终年相伴
一个满眼童真的小朋友来了
他在木桩做的秋千上
荡着清澈的泉水
松鼠嘴边滚落的小松果
小兔兔柔软的绒毛
替驯鹿熏蚊虫的烟火
荡着荡着
小男孩与蒲公英
与风，有了约定

▶

很多地方我们一生只走过一次，童年时走过，还会在记忆里褪色。只不过，我们看见过的风景、行走过的路程，都会融化在我们长大后的气质里、谈吐里、心胸里。

64. 白桦树，重生之路

才发觉，这里没有诗
只有清晨路过时，见到的
嶙峋的身骨
稀稀疏疏，没有一片树叶
追逐风去流浪
仅是在一段火红的记忆里，与生颠簸

一九八七年，五月六日
大火吞噬森林，树身内部每一根脉管
都着了魔，逞凶般狂舞
先是柔嫩的红桦白桦，再是杂草与灌木
一跃而上，又攀上松树和杉树
红色的舌头，试图够到天空
村庄里的火苗也蹿起来了
狂跑、哀吼、痛哭……

熹微中，这一片白桦树
总从恐惧和悲伤的梦中，醒来

大兴安岭的树，不再言语
踩着自己孤零零的肩头
一步一步，向天空行进

▶

小学时学过《大兴安岭》这篇课文，古木参天已成定格在脑海中的印象。然而，真正到了大兴安岭，却发现许多树木都是新的，只因一九八七年那场肆意蔓延的火灾。

65. 这根，生命裸露的青筋

所有根都是一样的
在地下痛饮孤独并壮大
在黑暗中突进并停顿
只是，有的可见，有的不可见
这根，生命裸露的青筋
孤独、威严，且略带羞涩
天黑之前，夕阳
拉下薄暮，树根的野花、草叶
摇晃着轻微的身体，沉醉
树根却像轨道，回响着白日里
纵横的巨轮，轰鸣
哪有一个日子是平静的
连悲恸都不能隐秘
要这样暴露

粗根已经凸出地表，裸露在外面，却顽强地活着。乍一看，有些触目惊心，之后有意观察，这样的树根很多。敬畏自然，敬畏生命。

66. 我们走了，草原还在

早晨来了，天又蓝了
白桦树的影子，已在地上
画了一个黑色的圈
手机的信息在天未明时
就提醒，今天要发生的事
我们要走了
其他人来了
想必草原上的青翠，不懂悲喜
它只在
风来时，度风
雨来时，度雨
也度明月，度星光——
度远方而来的，渴望被拥抱的灵魂

▶

需要拥抱的人越多，草原便越广袤。

67. 我在云端望自己

云朵俯瞰河流的时候
我坐在云朵之上的白窗内
耳中的嗡鸣，有水在流淌
河流像舞蹈的缎带
系在我的腰间
我也曾像
风一样自由
在这片草原上停留
我也曾在望云时，在云端望自己

从云朵之上往下看，山脉和河流依稀还在。仿佛，奔跑的我，也还在。

68. 浪花，一遍遍寻觅我

半山腰的晴天流淌着一朵云
走着走着，就变成了另一朵云
水流清澈地穿过土地，用俚语对话岛屿
浪花从我的喉咙滚过，卷走浮华的辞藻
片甲不留。仍，不肯罢休
听，此起彼伏的水声
朝白色的床单涌来，用深情对话身体
直到属木属土的我，承认自己
也可以属水，柔情似水的水

▶

夜晚，巴厘岛的海浪声，被枕在颈下。身体像被水包围了似的，心也变得柔软了。

69. 小酒馆（其一）

天黑了
小酒馆醒了
吟满城故事而来
一杯烈酒
连同自己
一同
迷蒙成窗外的夜色
于是酒杯成为
一片漂浮在异乡的水域
漂着比酒花更喧嚣的忧愁

小城里，河岸边，抬首望，阁楼的窗户里，灯光与吉他声呼和着。小酒馆里，飘着外乡舶来的忧愁。

70. 小酒馆（其二）

其实，小酒馆是
异乡耿耿不寐的唇
是青颜伤逝的离骚
是一朵流浪的泪花
所有找不到归路的灵魂
都开始在一条芳香的水边
涉酒而过
诗简单
心也简单

每个地方有每个地方的风情，只要你是一个解风情的人。

71. 九寨（组诗）

（其一）

我只想在车上
找个舒适的角睡觉
一靠上，就睡着了
一睡着，就梦了
梦见，人就像九寨
瀑布的水流，会飞

（其二）

九寨的底色上
写了一个名字：自然
地震的底色上
也写了一个名字：自然
它们合奏起来
像老夫妻吵架
我是客人
不值得醒来

（其三）

我去过九寨两次
一场秋，一次春
和不同的朋友
后来，我们听说九寨出事了
相视，沉默
原来美景没那么重要
重要的是，我们能看见彼此

2017 年 8 月 8 日 21 时 19 分 46 秒，九寨沟发生地震。我曾去过九寨沟两次，一次 4 月初，一次 10 月底，它的美，超乎想象，关于色泽，关于秀美，关于梦幻，它都是童话。九寨沟是大自然的画作，地震是大自然的阵痛，而人类，只是个旁观的过客。“对大自然而言，一切磨难皆是修炼，一切毁灭皆是创造。”九寨沟又只是万千奇特的自然之书里普通的一页。于人类而言，见之，却是有幸。和朋友聊起，我们曾一起看过九寨沟，不重要；重要的是，我们还能看见彼此。

自然篇

ZI RAN PIAN

让星星把我们照亮。

——汪国真

72. 借樱花之名

人们的欢呼声中
你缓缓亮出名片
鸡鸣寺深重的瓦色
袅袅的青烟
都一遍一遍在描你的名字
你的名字里有
城市放牧的春天
在阳光下
把云蒸霞蔚，拆成一瓣，一瓣……

我把自己放在樱花中，行走
原想跳舞，可舞蹈那么柔韧
我的体内，还潜伏着冬日的臃肿
行走，也是折叠着的
折叠是昨天学会的新词
我朝着花开的一路，走下去
一直走到稀薄的日暮
走过，才不会后悔

"青春本是一场路过"
折叠，才不会张扬
平和安然素净，是散场的青春路上
最漂亮的樱花之名

▶

和樱花一样，平和、安然、素净、低调。

73. 稻子 · 老狗

往年
黄色的稻花香
撒满村庄
门口的草垛在一个下午
垒出陈年的炊烟

今年
稻子齐刷刷地倒向一边
躺在田里
在风雨中大胆地呻吟

在一只老狗的耳中燃烧
火苗
它又摇着尾巴
站在背靠原野的村头
一眼看看稻子
一眼看看渐渐坍塌的结发记忆

农村人渐渐往城市走，稻子和老狗，守在故乡。

74. 猪瘟，本命年历劫

关于猪的片段
翻折出了岁月的痕

柏油马路对面的屠猪场
夜已央，天未晓
哀号割破墨色的喉咙
血凝，幼年望月的栏杆
忽然漆黑

清晨街道的人声鼎沸
是一把配好的刀

靠吃掉别的命维持我的命
猪肉带给少年的我
最日常的欢愉

没有临终关怀
在咽下这命时，甚至

没有被礼貌地嚼碎
残破的魂魄在时间的牙缝里
越聚越多

它们供奉的这座庙宇
神佛没有显灵

一个巨大的土坑
挖开在村的一头
铁锹一把
驱赶成群的猪，嚯嚯哟
此举模仿纤夫的绳
推汹涌的海浪

若未及时入海
走着走着，血浪一喷
轰然扑岸

猪体的瘟疫
像极了中年人心中的
癌
总有那么致命的一击

生物间的打打杀杀
人是旁观者
也是参与者

二〇一九
猪的本命年，猪在历劫
历人间的劫

▶

2019年，猪瘟，许多头猪走着走着，一口血喷，就倒地了。也有一些，被活埋了。

2019年，是猪年——它在十二生肖里当家做主的一年。

75. 那蝈，那人

二〇一五年的夏天
它躲在一个八边形的
立体
木匣里
叫声穿越了车水马龙
路过的人啊，且要仔细听！

“这是什么啊？”
虚无等待求证

一秒近似一生
“蝈蝈。”

黑体，六脚，趴伏，叫嚣
无力而无意义
像极了痉挛着脊背的游子

从此，我失去了其他季节

蝈蝈的叫声顺着风
黑黢黢的一片
堙没了我来时和归去的路

那么一星一点
那么漫不经心

木匣子里的蝈蝈，响亮而拉扯地叫，就像我的嗓音。

76. 蝉

一只蝉叫了，千万只蝉叫了
在树与树的缝隙之间
在天与地的扭动之间
尖锐的集结号
雄性准备战斗
从荣到枯，从生到死

十七年的记忆有多饱满
如今的战斗就有多繁华

终于挣脱巨大静寂的压迫
割破嗓门又有何惧
一段与黑暗缠绕的爱情
活在它的身体里
风流过它，阳光流过它
每叫一声，灵魂就鲜亮一分

蝉的一生，最励志。

77. 红色月亮

在一片广阔的田野上
曾端坐着
我童年抬头仰望的天空
黑云密布或霞光万丈
都不如今晚的秘密花园
满溢着初爱时的绯红
上帝俯瞰着我
与我
心脏同跳
像一只啼血杜鹃悬翔于我的头顶
我以一只摇摆不休的树木之形栖蹲于
它的翅膀
听它说
一百五十二年才会有的一次爱情

2018 年 1 月 31 日，天空中有一轮 152 年才会出现一次的红月亮。

上海文画堂作品

78. 晚霞

我此刻这样失落
因为我从未涂抹过
霞光一样的胭脂
从未像霞光一样绚烂过
那是裂开的红杜鹃
灼烧着我的心窝

那一路
摧枯拉朽
从天河泼洒的颜料，落满高楼的
每一扇画框
是与烟柳弄晴、十三钗狂舞吗?
我似乎只在张爱玲的小说里
看过

霞光，你烧来了
金陵故事里的一段赭色记忆
红尘中的一朵，奇葩

金陵城的晚霞，异常绮丽。

79. 雨，一直下

九月，天蝎座的包厢内
听过一首别离的歌曲
秋雨，来了一回
九月，堵在路上的风
扶着齐平平的车顶，难受呻吟
等待的时间太长
就像垂挂的点滴流不进
未治愈的病情
秋雨，又来了一回
九月，天蝎座的女人
坐在办公室里
伏案的背影就像
稻子倾倒在田野上，裹满稀泥
秋雨，在身下，下个不停
屋内屋外，都细密密

▶

2016 年的 9 月，雨一直下。倘若没有文字，这月，已悄无声息。而现在，恍然还能听见雨声。

80. 沿着雪路走

就是要走
走到路的尽头
和木柴门一起站在雪里
和狗窝一起敞在雪里
和收好的玉米一起挂在雪里
发热的脚底
就会从雪谷里，扒出
来时的路

▶

2016 年冬天，和朋友在东北的雪地里走。

81. 诗人

雪花，让我们成了两种人：
一种是写诗的诗人
一种是不写诗的诗人

雪花美在，它可以让人人都变成诗人。

82. 等你

等你长大了，或老了
总之，活得久了一些
希望那时候，你也会
像二〇一八的雪一样
认真抒情

2018 年的第一场雪，美而认真。

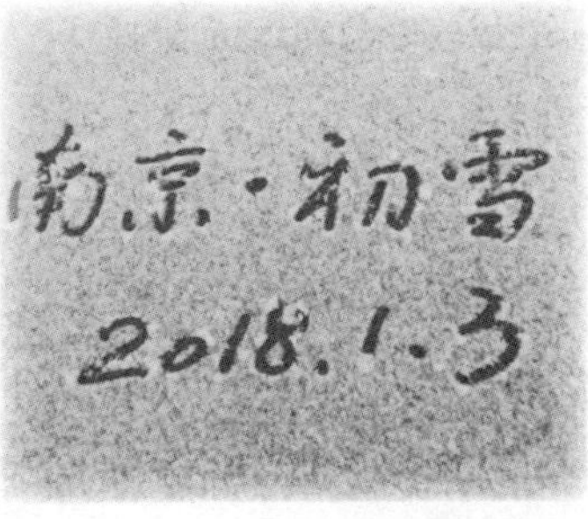

83. 2018 第二场雪的第一天

这，不是初恋
是再婚
走
慢慢走
脚印是配在大地胸膛
的白花
困兽似的绝望

这场雪太大，已让人寸步难行。

84. 2016，早雪

我的手下缭绕着毛线
白如清光里的芦苇
它们向天高歌
翻腾出白茫茫的绒毛
大雪，一针针
织满了婚纱浪漫的梦

毛线有多长
雪花就有多长
婚纱就有多长
来自我灵魂的歌唱就有多长

在这之后
白点儿透亮透亮地
鼓在鱼儿红色的肚子里
我坐在大雪中
看鱼儿拼命地摇摆
甩出亮晶晶的雪片儿

我歌唱的灵魂静寂了
一切属于生命的源头
恰如这雪花一般纯洁
雪落了
一片一景　一片一情

▶

同学结婚，在雪天，为他们织了两副情侣手套，一副白色，一副黑色。黑白配。

85. 冬日诗行（其一）

我站在喧嚣处
读了一首
静寂的
白色诗篇

86. 冬日诗行（其二）

在一个白色的梦中
我们睡着了
醒来时
梦更厚了

87. 冬日诗行（其三）

白雪说
把你们失眠的夜
交给我吧
就像，我抚平
地上的伤疤

88. 大雪

五天，一候
三候，一节气
六节气，一季
四季，一岁
我排了好久，排不整齐
大雪拿着我的手
在老皇历上掰起了指头
翻看自然这部教科书
里面有
姥姥讲过的清茶、艾蒿、桂花……
香气就从记忆溢出
这是来自冬天
最好的礼物

89. 叶子

每一片叶子
都是风的摇篮
喔啊喔　喔啊喔
摇着风斑斓的梦

风有不同的脾气
叶子就有不同的颜色
轰啊轰　轰啊轰

风走了，有了它的山岭
叶子也老了
飞落时，常常想着曾经的
喔啊喔　喔啊喔

▶

叶子是父母，风是孩子。

90. 雾

山林雾了，残花雾了
钟声雾了，西风瘦马雾了
诗和远方，都雾了

眼睛看不到眼镜，我也看不清
自己，是否是一具赝品

光华褪尽。神的预言不可置疑
没经历过死亡的人，正经历着天堂

在这大雾的夜里
灯看不见路，人看不见门
一个婴儿，曾如一粒豆荚的爆裂
哭出了声

我说："我爱你。"
嗓音还在襁褓里
唇印
已满世界打滚，如光明

91. 大风起

风来，掀梧桐的叶子
像十万只飞鸟在抖翅

风来，掀红薯的叶子
啪啪，像地鼠迎接秋凉的掌声

风来，水猛烈地晃
河床慌忙盖上被子
石头被掩埋
一只倦鸟的记忆凹了下去

风来，楼层里的窗户
怀旧那一场暴雨

童真篇

TONG ZHEN PIAN

童年啊，是梦中的真，是真中的梦。

——冰心

92. 为风雨着色

风从头发缝里出来
我来不及抓住它
就像来不及
抓地上的小虫子
风邀我
在撑起的伞下
舞蹈，踮着脚尖
我说，请等一等
我跑回家
偷偷地
在脸上沾了
妈妈的胭脂
我要配合花瓣
为风雨着上柔粉色

93. 剪头发

剃头发可以
剪头发不可以
剃头就像爸爸刮胡子
剪头发就像——
妈妈发脾气

94. 一个快递

是谁订的快递？
在刚刚老去的旧年里
已经下了订单

是我
没写名字
没写门牌号
只写下了孩子们的鞋码

他们蹦啊，跳啊
笑得像一朵朵雪花

95. 路上

像蚂蚁一样爬行的时候
我也看见了掉落的米粒
像火车一样奔跑的时候
轨道是我的路
开火车是我的梦

妈妈说，我有一种神功
能记得自己走过的路
她不知道，我看的是加油站
是大桥，是电视塔，是岔路口
是一个广告牌，是一只蹲着的狗……

路上有石子、有落叶、有雪堆
有一切我画不出来的形状和色彩
我只管奔跑
它们都住进我的眼睛里，和我做朋友

96. 初秋，雨飞

秋雨是什么颜色的
妈妈满屋子追我
换衣服，想与它匹配
如一颗草籽探问土地
九月跟着雨水
跑来跑去
雨不停
九月不停
我也不停

97. 幼儿园的两盆花

今天，我带到幼儿园一盆花
只有一朵开了，其他
都是圆柔的花苞

它的旁边
有一盆一样的

这花真好命
像奶奶，走到哪里
教堂里都有姐妹

98. 归还

我从一片叶子上
拽走枯草
没想到
扯断了
一根完整的枝
为了还它一片橘色
我把双唇靠近它
不，我的亲吻属于妈妈
那么，明天
我穿一件橘色的衣服
再来拥抱它

99. 绿

平地是绿的
小丘也是绿的
牛群羊群咀嚼的声音
也是绿的

100. 路

我还不认识字的时候
妈妈让我盯着它看
它曲曲折折——
真像个怪物
我朝它
做鬼脸，打手势
它一动不动
当我认识偏旁的时候
我知道
每个人足下的路
各有不同
跟着老师的节奏
横撇竖捺
我在空中划出
自己的路

后记

《路痕》中的这些诗歌是生活孕育出来的，还是个雏儿，不能够飞翔。但我是这些诗歌的母亲，母亲爱襁褓中的孩子，尽管这孩子还不善于表达。于是，把诗歌出版，一是为了记录生活，给生活一种存在感；二是对文字的尊重，给文字一种仪式感。

虽然读研究生时，我系统地学过现代诗，但是理论居多，实践偏少。读过以闻一多、徐志摩为代表的前期新月派诗歌，以戴望舒、卞之琳、废名为代表的现代派诗歌，以穆旦为代表的“中国新诗派”诗歌……工作后再次接触孩子们都熟悉的诗人泰戈尔、冰心、海子、艾青的作品。它们“润物细无声”，读时懵懵懂懂，理解时磕磕碰碰，置于一边时，潇潇洒洒。真正尝试着写诗歌，是受纪开芹老师（本书序言作者）的影响，我曾经把她QQ空间上的所有诗歌复制、打印下来，有空就看一看；也一直关注她发表在各类期刊的作品。其中，特别喜欢简洁的记录生活的一类，由此，我也尝试着写写。初写诗歌，觉得比散文难写。几首下来，又觉得比散文方便。诗歌讲究意蕴，而我却图起了方便，从一开始，它的定位就很接地气，也很朴实。因此，《路痕》里的诗歌，稚嫩。

写大家能看得懂的诗歌，也许它不需要太多丰富的意象，也许它可以没有很美妙的意境，但简洁的语言背后，一定有情感。看上去扁平化的低要求，却有丰富的饱满的生活气息。每当生活遇到了难解的愁绪，每当旅行遇见了美丽的风景，每当自然在季节更替时悄悄变化，每当孩子说出一些童真童语，我都想用小诗把它们记录下来。记录下来，烦忧会慢慢淡去，快乐会层层渲染。因此，《路痕》里的诗歌，真实。

从2016年我开始尝试着写诗，到2018年我萌生了一个想法：待写到100首的时候，便印成一本书。2019年，蜗牛缓慢爬行，也到了之前构设好的小山顶。整理时，删去了几首，改了几首，重写了几首。还想再删，再改，再重写，但是水平不够，数量也不够，心有余而力不足。回头望，虽荆棘遍地，但也有缭绕的云雾，绮丽的彩霞，环绕的清风，路是自己走的，个中滋味自己最懂。

写这些诗歌时，背后的生活图景清清楚楚，像一片片叶子一样脉络清晰。可是时间久了，生活会褪色，记忆会淡去，叶子会枯萎。于是，标注上几句简短的文字，加以说明。总不至于，若干年后再看时，相望两茫茫。

工作中，我也带着孩子们写了许多现代儿童诗歌，发表在多个期刊上。印象深刻的是，学生的一首诗歌在“信仰之歌——纪念中国共产党成立95周年暨弘扬雨花英烈精神”诗词征集活动中获奖。希望下一个100首，是我作为图书策划者，收集整理孩子们的诗歌作品。也希望，我个人的下一个100首作品，能够逐渐成熟。

周兴青

2019 年 11 月 1 日于南京